KB275261

은빛향기

# 은빛향기

김주명 시집

도서출판 **시인**

시
인
의
말

## 『은빛향기』를 내며

　흘러가는 세월의 수레바퀴 속에서 고희를 넘어 희수의 연륜에 접어들었다. 『귀향』 첫 시집을 낸 지 어언 6년이란 세월이 흘렀다. 늦게나마 둘째 시집 『은빛향기』를 세상에 내놓게 되니 부끄러움이 앞선다. 자원봉사 활동으로 금빛봉사예술단을 창단하여 9년째 30C여 회 위문 공연을 하였고 명예퇴임을 한지도 2년이 되었다. 그동안 정신없이 활동하다 보니 시, 문학 창작 활동을 소홀이 하고 태만하게 살아온 지난날이 한없이 브끄러울 뿐이다. 인생 문학 늦둥이가 지나온 노년 생활의 그림자를 여기 『은빛향기』 시집에 실어 본다.

　1부 "세월의 강" 에는 변해가는 세상의 자연현상을 그렸고 2부 "귀국" 에는 여행 관광을 통해 보고 느낀 점을 담았고, 3부 "금빛 봉사" 에는 자원봉사 활동을 통해 경험한 사실을 적었고, 4부 "큰빛 츠장" 은 신앙생활을 통해 경험한 내용을 썼다. 부족한 사람을 사랑해 주신 문우 여러분과 도움을 주신 여러분께 감사를 드립니다.

　언제나 푸른 마음을 갖고 푸른 향기를 품으며 문학 활동을 정성껏 열심히 하여 내일을 위해 기호지상(騎虎之象)의 마음으로 나갈 것이다.

2011년 4월 안양에서　김주명

# 차례

## 2부_ 귀국

## 4부_ 큰빛초장

<sup>1부_</sup> **세월의 강**

......

인생은 공수래공수거
대답없는 동문이 여차하니
아직도 건재한 학우여

인생여정 마음 비우고
옛 동문 찾아 후회없이
세월의 강 함께 건너요.

# 은빛 향기

봄 바람이
새싹을 일깨우고
꽃망울을 터트리네.

씨앗을 뿌리는 농부도
텃밭에 정성을 심는데
마음 밭엔 무얼 심을까?

즐거운 경로대학에서
만학의 정열을 불태우니
은빛향기 그윽하여라.

# 우리가 남인가

모처럼 한자리에
우리 형제의 만남이
더없이 행복했었지

우리가 남인가
앞으로 종 종 만나서
사랑을 나눠 보세

이마엔 주름이 가득
머리엔 백발이 성성
가는 세월 막을 수 있나.

# 배터의 추억

앞에도 산 뒤에도 산
산골짜기 실개천이 흐르고
두메산골 상촌(上村)의 외딴집.

불우했던 유년기 시절
외할머니 사랑받으며
철모르게 자랐었지.

소꿉놀던 동무도 떠나고
휭하니 빈터만 남았네.

늘어나는 백발과 주름 속에
벌써 산수 나이를 바라보니
무심한 세월이 덧없네.

# 충사 동문이여

푸른 5월 가정의 달
한 몸 되는 부부의 날에
재경 충사 동문 모였네.

만나보고 싶은 얼굴
충사 동문 한자리에
반갑고 기쁨이 가득.

머리엔 백발이 성성
황혼의 인생 여정 길에
영원하소서 충사 동문이여.

# 세월의 벽

지금도 그 시절 잊을 순 없지만
30년 전 우신국교 인연
그 추억 영원히 내 가슴에 있네.

격동기 세월을 살아오며
스승의 길로 한 평생 마치고
인생무상의 뒤안길에 섰네.

인생 여정 마음 비우고
옛 님 그리며 어우러져
세월의 벽을 함께 넘으리라.

# 은행나무 집

귓전을 울리는 철마의 기적소리
반세기 자란 역전 은행나무
정겹게 은행나무집을 품었네.

서근서근한 주모의 손길이
구수하고 시원한 입맛을 돋우고
오가는 길손의 발길을 멈추네.

황혼의 노익장들이 한자리에
정담을 나누며 추억을 더듬고
인생 여정의 꽃을 피우네.

우람한 역전의 은행나무
한 많은 세월의 수레바퀴 속에
오늘도 은행나무 집을 지키네.

# 세월의 강

한 많은 남한강 탄금대
반세기 전 찌들린 학창시절
그 추억 영원히 가슴에 있네.

6.25사변의 전운이 감돌고
휴전 반대의 함성이 고조되던
그 어두운 시절 잊지 못하네.

격동기 세월을 살아오며
스승의 길로 한평생 바치고
인생무상 뒤안길에 섰네.

인생은 공수래공수거
대답없는 동문이 여차 하니
아직도 건재한 학우여!

인생 여정 마음 비우고
옛 동문 찾아 후회 없이
세월의 강 함께 건너요.

# 수평선

살찐 햇살과 파도가
시원한 해풍을 몰고 와
찌든 마음을 사로잡네.

안개 서린 안홍 항구
21세기 관광 유람선이
은빛 사랑을 노래한다.

구름도 가고 바람도 가고
만경창파에 뱃고동이
사자, 돛대, 여자바위 걸치네.

해안을 휘돌아감는 섬들
추억과 우정을 나누며
수평선에 미소를 띄운다.

# 오인방

푸른 마음을 열고
호상처럼 굳세게
푸른 기상 펼쳐요.

항상 푸른 마음으로
의좋은 우리 오인방
정성껏 열심하소서.

언제나 우리 오인방
푸른 향기 품으며
영원히 하나 되소서.

# 무지개 사랑

지천명의 언덕을 넘어
불타는 내 마음
무지개처럼 빛나네.

흘러가는 세월 속에
공허한 내 마음
사랑향기 그립네.

노을빛 함께 단둘이서
빛 긴 석양에 빨갛게
불타는 노을이여.

인생 여정 후회 없이
멋지게 살아가며
무지개 사랑 나눠요.

# 생극 동문회

수리산 맑은 정기 가슴에 안고
하늘 문이 열린 개천절에
생극 초등 총 동문회 열렸네.

어머니 품속 같은 그리운 모교
73회 7천여 졸업생 배출
국가 사회 발전에 초석 되었네.

어린 시절 땀이 서린 운동장
선·후배 한 마당 큰 잔치 열어
회합 다진 한마음 대회.

사랑과 우정으로 뭉친 한 마음
모교 발전에 밑거름되어
생극초 동문이여 영원하소서.

# 비와 바람

비가 나를 부르네
추한 마음 버리고.

바람이 나를 부르네
티 없이 살라 하네.

시기도 접어놓고
욕심도 버리고.

비와 바람처럼
살라 하네.

# 아침바다

맑은 공기의 아침바다
너를 찾듯 마음을 연다.

반가운 갈매기 소리
가만히 눈 모으면
잊혀진 세월이 떠오르네.

잔잔한 굴결이 여울지는
남해의 푸른 바다.

아! 저기 함성 외치는
충무공 이순신 장군.

# 저녁 놀

홍해의 기적처럼
갈라진 제부도 해변
바다 시인 학교 열렸네.

어머니의 뜨거운 눈물
나를 겸손히 다듬고
영혼을 불러일으켰네.

아름답고 깨끗한 허공
파도가 쓸고 간 갯벌에
노을의 시가 뜬다.

# 새해

흘러가는 세월 속에
또 한 해가 밝았다.

해야 고운 해야
빨갛게 불타는
용광로 솟아라.

푸른 마음을 열고
호랑이처럼 굳세게
푸른 기상 펼치자.

언제나 우리 모두
푸른 향기 품고
정성껏 열심하자
또 내일을 위해.

# 파도

썰물이 삼복더위를 몰고
광복 64년의 파도 속에
꽃이 핀 제부도 시인학교.

땀방울의 시낭송 열기가
짧은 여름밤을 수놓고
낭만의 파도 속에 춤추네.

알뜰한 제부도 시인학교
서풍의 파도에 메아리쳐
북녘의 시인을 부르네.

# 벚꽃 축제

화창한 봄기운이
진해 산야에 가득
벚꽃의 싱그러운 미소가
사랑을 유혹하네.

벚꽃 군항 축제가
충무공 거북선을 기리고
저며 오는 꽃 내음에
젊음이 가득하네.

가냘픈 남서풍이
대지를 살포시 감싸고
벚꽃 축제의 길손들이
세월을 찬미하네.

# 귀향

청노루 넘나들던
수리산 자락에
내 잔뼈가 자란
하얀 세월.

오늘도 하룻길 삼백 리
님 그리워 목놓아
불러보네.

나 또한 한 줌
흙으로 돌아가리라.

# 부부동반 야유회

무더운 6월 옛정 그리며
짙푸른 도가니 산기슭에
끈끈한 부부동반 야유회.

흘러간 60년의 세월 속에
흰머리와 잔주름이 가득
덧없는 세월이 아쉽네.

건재한 생 15회 동문이여
황혼의 인생 여정 길에
만수무강 행복 하소서.

# 연정

아름다운
사랑으로 출발하여
참담한 정점에 섰다.

우리는
자신보다 상대방을
너무 잘 안다.

언제나
무언으로 말하고
침묵으로 행동한다.

7년의 세월 속에
야금야금 답답해져
느슨해졌나 보다.

허틀어진 시간 속에
두 사람은 사이가
가깝고도 멀어졌네.

오고 가는 정이야
해 묵은 청국장 맛

우리는
세 갈래 길목에서
애타게 방황하네.

# 만해마을

찜통더위가 숨을 막고
오락가락 장마비가
하늘과 땅을 뒤흔들고
냇물이 기적을 울린다.

청아한 만해마을에
열기 속에 혼을 불태우고
문학의 꽃이 핀다.

신나는 장끼 자랑
청춘을 반추하며
여정의 피로를 잊고
만해마을이 깊어 간다.

# 한마음 되어

청풍명월의 고장
하늘 문이 열린 개천절에
명문 충사 동문회 열렸네.

만나보고 싶은 그리운 얼굴들
은사님 동창 선후배 한자리에
충사 동문회 불타오르네.

백발이 성성한 인생 여정 길에
손잡고 학창시절로 돌아가
한마음 되어 정 나누리.

# 잘가라 경인년

다사다난했던 경인년
세월의 수레바퀴 속에
또 한해가 저문다.

지방자치 단체장, 의회의원
우리 안양 새 일꾼 뽑아
지역 발전 푸른 꿈 펼쳤네.

푸른 도시 시민 건강 찾고
서민경제 도와 삶의 질 높이고
예술 꽃피워 문화시민 되자.

# 푸른 마음

푸른 마음 열고
호상처럼 굳세게
푸른 기상 펼치소서.

항상 푸른 마음으로
사랑의 우리 가족
정성껏 열심 하소서.

언제나 우리 가정
푸른 향기 뿜으며
영원히 하나 되소서.

2부_ **귀국**

......

즐거웠던 추억 남기고
그리운 조국 땅으로
나 돌아 가리라.

# 북미주 관광

기대와 설레임으로
머나먼 북미주 땅을 향해
까만 밤을 하얗게 날라간다.

구름 낀 망망한 창공
터지는 폭음이 고공을 찌르고
북미주 관광 꿈이 서린다.

피곤한 단꿈을 꾸며
내일의 관광을 기대하며
허공의 밤은 깊어간다.

# 반핵 아줌마

백악관 앞 초라한 움막집
외로운 반핵 투쟁 25년
콘셉션 피시노트 아줌마.

주야로 백악관 불빛 보며
비가 오나 눈이 오나 침묵시위
세계 평화주의 주목 끄네.

부시 대통령 후세인 오판을 경고
핵무기 폐기로 세계 평화 주장
장하다. 스페인 여성이여!

# 나이아가라 폭포

나이아가라 벼랑에
장엄하게 쏟아지는 물줄기
왔노라 폭포관광.

폭포 주변 운무가 서리고
낙수의 장엄한 기적소리
보았노라 물의 역사.

오색 찬란한 폭포 야경
만끽한 이국의 정취
찍었노라 물의 예술.

# 가장 작은 교회

월플온더레이크
세계에서 가장 작은 교회
아담한 주님 성전이여.

캐나다 국민의 축복이
이렇게 작은 교회 위에
눈물의 기도로 쌓였네.

지구촌 방방곡곡에
세계 평화와 인류 공존이
주님 성전에 영원하여라.

# 몽모렌시 폭포

퀴백의 정상 가든
화강암의 절벽에
철망 층계가 걸리고.

쏟아지는 낙수 포말에
운무가 서린 골짜기
영롱한 오색 무지개.

프랑스 문화의 언덕
빨간 집 한자의 커피맛
여정의 피로가 가시네.

# 천 섬

한 폭의 그림을 이룬
오타와 천 섬들이
빗긴 가을을 노래하고,

스치는 뱃고동 소리가
끝없는 오타와 강에
내일의 꿈을 그리며.

저무는 여행길에
천 섬에 사랑을 묻고
인생을 노래하리라.

# 명문 대학교

역사와 전통을 자랑하는
세계 명문 하버드 대학교
설립자 동상 발끝에 금빛이
방문객의 가슴을 울리네.

세계 이공대 MIT 대학교
방문객의 발길을 열어 놓고
김 회장이 석학을 받은 역사
장하여라 한국의 건아여.

진리는 위대한 승리
노력과 성공은 자신의 역사
향학에 불타는 젊은이여
꿈과 희망은 영원한 것

# 귀국

찬바람이 스치는 늦가을
북미주에 여운을 남기고
귀국 설레임에 뒤척이네.

새로웠던 이국의 정취
애뜻한 그리움을 남기고
나 떠나가리라.

즐거웠던 추억 남기고
그리운 조국 땅으로
나 돌아가리라.

# 송계 계곡

우뚝 솟은 짙푸른 산아
뽀얀 안개가 서리고
태고의 꿈을 지닌 영봉
월악산은 말이 없다.

굽이굽이 돌아가는
유수 같은 송계 계곡
여울물 소리가 스치고
세월을 찬미하며
옛정을 노래한다.

야들야들 잡초가 이슬 먹고
싱그러운 야생초가 방긋 방긋
낭만이 깃든 송계 계곡
스타팰리스에 젊음이 뜬다.

# 경주의 벚꽃

잔인한 황사 바람 속에
갈무리 상현달이 졸고
벚꽃이 은빛을 토한다.

보문 호반의 산책길은
벚꽃이 활짝 미소 짓고
만끽하는 길손이 가득

신라 천 년의 문화향기
낭만의 파도가 노래하고
벚꽃 동산 경주는 타오른다.

# 울릉도

하늘을 찌르는 산봉우리
기암절벽의 빼어난 향나무
태고의 꿈이 서린 성인봉
신비로움이 가득한 울릉도.

외로운 갈매기 울음소리
나비 태풍의 상처가 아물고
명이나물 입맛을 돋구네
물 좋고 공기 좋은 울릉도.

시원 상큼한 오징어 물회
달콤한 울릉도 호박엿
담장 대문 없이 살아가는
인심 좋고 살기 좋은 울릉도.

# 백령도 아침

먼동이 트는
서해의 최북단
바다를 가르고
불끈 치솟는 고운 해
용광로의 백령도.

젊은 선비와 처녀가
끝내 사랑을 못 이루어
흰 학이 날개를 펴
바다에 혼을 달랜
전설의 백령도.

태고의 꿈이 서린
기암절벽의 두문진
부서지는 파도의 포말
외로운 갈매기 소리
고독을 이기는 백령도.

# 독도

'동해바다 외로운 섬
무심한 갈매기 울음 속에
거센 풍랑만 오가네.

밤낮 하늘을 지붕 삼고
대한민국 동해를 지키는
조국의 파수꾼 독도 경비대.

한국의 얼을 삼고
한민족의 새벽을 여는
독도는 우리 땅.

# 태백여행

짧은 가을 햇살 가르며
삼락여행 동호회 하나 되어
태백산 도립공원 찾았네

곱게 물들어 가는 단풍잎
천제단의 신비스런 영봉
한민족의 동맥인 태백산

신비한 만물상의 용연동굴
자연의 신비에 마음이 초조
지구촌 역사의 지하낙원

낙동강 발원지 황지연못
드넓은 영남평야 살찌우고
석탄산업의 역사 석탄 박물관

# 함상 공원

서해대교는 잠을 깨고
수평선엔 운무가 서리고
삽교호는 메아리 친다.

함상 공원에는 군함이 졸고
잊혀진 6·25 사변 생각이 나네
귀신 잡는 해병 용사들이여.

부름 받은 믿음의 용사들
그의 나라와 의를 구하려
삼백예순날 충성하소서.

# 백령도

수천년 파도에 씻긴
소곳 해안 백사장
수 만년 할퀴고 깍인
예쁜 콩돌 해안
천연 요새의 백령도.

장산곶 인당수에
심청이 넋이 울고
애틋한 사연이 얽힌
심청각의 효녀비
연꽃 같은 백령도.

레이더 시린 눈빛
하늘과 바다를 지키고
적막을 깨는 총성
하늘을 찢는 비행기 소리
통일 염원의 백령도.

# 강화도 전등사

실록이 짙어가는 푸른 5월
거대한 화물선 선창가로
모여드는 갈매기 떼.

부처님 오신 4월 초파일 기념
참배하는 불도자의 행렬
봄바람에 연등이 춤을 추고

보문사 석실에서 흘러나오는
고승의 불경 소리가 여울져
길손의 가슴을 울리네.

낙가산 위 절벽에
장엄한 마애석불 좌상이
교동도 앞바다를 묵시하네.

# 거제도

나들이 인파 속에 들뜬 거제도
포로수용소의 처참했던 옛 모습
쓰라린 6 · 25의 흔적이 생생하네.

기암절벽의 해금강
수천년 풍상의 세월 속에
하늘을 찌르고 말이 없네.

예술의 외도 섬 꽃과 푸른 숲
이씨 부부의 정성과 노력
인파의 함성이 메아리치네.

애국 충절로 투신한 논개
남강에 혼을 달랜 젊음이
촉석루 인파 속에 꽃이 피네.

# 남이섬

"도레미" 유람선이
낭만의 꿈을 싣고
유유히 강심을 가른다.

젊음이 남이섬에 가득하고
짙푸른 사랑 이야기 속에
인어공주가 향수를 달랜다.

다슬기 숨 쉬는 현리계곡
불타는 오리 원두막 여정
노을지는 남이섬이여!

# 배낭여행

인생은 일흔 살부터
다섯 노장 칠순 기념하여
일본 배낭여행 떠났네.

광활한 빌딩 숲의 지평선
거미줄처럼 얽힌 지하철선
열강 속에 경제대국 돋보이네.

친절하고 검소한 민족
깨끗하고 안정된 나라
무서운 저력 용틀임 치네.

찬란했던 백제문화
현해탄 건너가 꽃 피었네.
장하여라, 한민족의 긍지여!

지구촌의 화해 우방 속에
삼십 육년의 한 맺힌 세월도
이젠 먼 옛이야기 되었네.

# 공동경비구역

나목이 겨울잠을 자고
둥지 찾는 철새 떼
유유히 창공을 맴도네.

백설이 산하를 꽃피우고
도라산 너머 북녘땅
적막 속에 한이 서렸네.

도라산역 기적이 울리고
경의선 철마야 어서 달리라고
님께서 침목에 서명하였네.

# 소떼 울음

회장닢 몰고간 소떼 울음소리
통일교로 건너간 흔적도 없고
찬바람만 횡하니 스쳐 가네.

무거운 긴장감이 감도는
판문점 공동 경비구역
카츄샤의 마네킹 경비자세
찡하니 눈시울 적시네.

삭풍에 펄럭이는 만국기
잿빛 툰녘 하늘 바라보며
오늘도 통일조국 염원한다.

# 3부_ 금빛봉사

......

품바타령 흥이 절로 나고
고전무용 어깨가 두둥실
한마당 신바람나네
아! 금빛봉사 영원하리.

# 푸른 향기

푸른 향기 속에
하늘을 우러러보며
마음을 연다.

한 많은 칠십 평생
항상 푸른 마음으로
한결같이 살았네.

언제나 이웃에게
푸른 향기 품으며
행복을 나눠요.

# 무지개 사랑

이순을 바라보며
불타는 내 마음
무지개처럼 빛나네.

흘러가는 세월 속에
공허한 내 마음
사랑 향기 그립네.

그리움과 함께
빚긴 석양에 빨갛게
불타는 노을이여

인생 여정 멋지게
무지개 사랑 그리움.

# 금빛봉사

이순의 언덕을 넘어
동아리 봉사단 엮어
그 이름도 아름다운
금빛봉사 예술단.

평생교육 헌신 선생님
경로당 복지관 찾아
기쁨과 즐거움 나누며
무료 위문공연 하네.

박수로 건강 찾고
시낭송 문학 산책하며
하모니카 색소폰 추억 더듬고
가요 국악창 신나네.

품바타령 흥이 절로 나고
고전무용 어깨가 두둥실
한마당 신바람 나네
아! 금빛봉사 영원하리.

# 행복한 날

허구 많은 사람 중에
천상의 연분으로
님의 많은 축복을 받고
백년가약 맺은 행복한 날.

우리는 만인 앞에서
진실한 남편과 아내로서
도리를 굳게 맹세했으니
떳떳한 부부가 되었네.

항상 서로 사랑하고
웃어른을 정성껏 섬기고
아들, 딸 잘 키우며
언제나 사랑을 나눠야지.

오늘의 이 기쁨과 영광을
가슴속 깊이 간직하며
알파와 오메가인 동반자를
내 생명처럼 사랑하겠어요.

# 양평수련회

실록이 짙어가는 6월
꽃내음 향기 그윽한
양평 들꽃 수목원 수련회.

시끄럽고 어지러운 세상
금빛봉사 예술단 봉사들
한마음으로 자연을 노래했네.

북한의 핵무기 발사로
세상이 긴장되어 가고
이 땅에 평화를 주옵소서.

# 봉사하는 즐거움

고달픈 인생 여정 길에
자원봉사 능력 주시고
소외된 곳 찾아 사랑 나누고.

힘든 사람 위해 도움이 되고
언제나 하고 있는 일이 사랑과
이해의 향기로 가득 차게 하소서.

하는 일이 어렵고 힘들어도
이겨 나갈 수 있는 힘을 주시고
고통 받는 자의 아픔을 나누고,

어둠을 밝혀주는 등불이 되어
날마다 봉사하는 즐거움으로
굳세게 살아가게 하옵소서

# 대망의 병술년

을유년의 아쉬움을 남기고
병술년의 새아침은 밝았다

동남아 해일의 상처가 아물기 전
세계 도처에 테러와 분쟁이 속출하고
신의 노여움 속에 얼룩진 지구촌,

호남의 폭설로 농민이 울고
황교수의 줄기세포는 오리무중
빈부격차로 양극이 심화된 세상

시민의 품으로 돌아온 청계천
연예계는 한류화로 뜨고
소망의 보신각종은 울렸다

5월의 선량한 민초 지방선거
월드컵 신화의 재현을 꿈꾸며
평화 통일을 신고 철마야 달려라.

대망의 병술년이여!

# 새 역사 창조

5월의 선량한 민초 지방선거
월드컵 신화의 재현을 꿈꾸며
새역사 꿈꾸자.

단군신화의 전설
백두산 호랑이의 기상 펴
반만년의 새역사 창조.

조국도 겨레도 하나
오천만 민족의 숙원인
평화통일 이루자.

# 메아리

마음을 열고
호상처럼 굳세게
푸른 기상 펼쳐요.

항상 푸른 마음으로
의좋은 우리 남매
정성껏 열심해요.

언제나 우리 가정
사랑의 꽃 피우며
영원히 하나 돼요.

# 淸風金氏 時祭

淸風明月  맑은  精氣  받고
天高馬肥의  十月  상달에
淸風金氏  時祭  올렸네.

始祖  大字  猷字  할아버지
全國  十萬의  後孫들
國家  社會의  礎石  되었네.

사랑과  精誠으로  和合된
맑고  깨끗한  淸風金氏여
길이  保全  永遠하소서

# 21세기는 달리는데

해야 솟아라
맑고 고운 해야 솟아라
한 세기 어둠을 접어두고
21세기는 달린다.

갈등과 분쟁으로
얼룩진 지구촌
악몽을 털어 버리고
우리 모두 깨어나자.

더불어 살아가는 한겨레
이산가족의 아픔도 덜어주고
휴전선도 허물고
철마의 길을 열자.

시필코 21세기는
우리 모두 한마음으로
조국의 산하에
평화통일을 이룩하자.

# 소처럼

소처럼 우직하고
묵묵히 서서
언제나 정성껏
열심 하소서.

소처럼 겸손하고
순종하며
낮아지고
겸허하소서.

소처럼 참고
기다리며
양보하고
헌신하소서.

소처럼 태연하고
초연하게
세상을 이기며
강인하소서.

# 첫 돌 1

청포도가 익는 7월
엄마 아빠의 정성
첫 돌 맞은 임라임,

할머니 할아버지 사랑
영특하게 자라나
큰 그릇 될 임라임,

사랑과 감사로
온 세상 널리 펴
영광 세울 임라임.

# 나눔의 삶

이웃과 더불어
함께 살아가는
나눔의 지구촌.

혼신의 열정으로
아낌없이 주는
나눔의 행복.

소금과 빛 되어
아낌없이 바치는
나눔의 삶이여.

# 첫 돌 2


기축년 12월 12일
주님의 은총으로
첫 돌 맞은 은아

사랑과 정성으로
영특하게 자라나
큰 그릇 될 은아

사랑과 감사로
온 세상을 널리 펴
영광 세울 은아

# 문화향기

강릉시 사천면 하평리
고산 허 균의 "홍길동전"
문명 떨친 여류 시인 허난설헌
"허엽"의 호를 딴 초당마을
삼박한 초당두부 입맛을 돋구네.

문화향기 그윽한 강릉
문학비, 조각비가 어우러져
길손의 발걸음을 멈추네
잔잔한 경포대 호수
석양에 불타는 노을이여!

# 두레

이순의 동문들이
오랜만에 만나서
향수가 그리워
"은터" 찾았네.

추억의 남한강
보훈휴양림에서
한마음으로
두레를 열었네.

넓은 잔디 위에
동그라미 그리며
기공 체조로
심신을 단련하고,

잊혀진 세월을
회상하며
진솔한 이야기로
꽃을 피웠네.

친구여!
언제나 한결같이
두레 같은 마음으로
살아가세.

# 오라, 경인년

세월의 수레바퀴 속에
또 한해가 저문다.
멀미나는 세상에서
눈은 맑고 마음은 순결하게
위선보다 진실을 담고
선 앞에 강한 자가 되어야지
잘 가라 기축년! 오라 경인년이여!

# 배드민턴 동우회

관악산의 정기 서린
은하수 배드민턴장
치솟는 셔틀콕에
청춘이 되살아나고.

정답고 사이좋게
터지는 웃음소리에
심신에 생기가 돌고
신선한 아침을 연다.

짙푸른 녹음 속에
답답한 가슴을 펴고
배드민턴 동우회여
만수무강하소서.

# 한자강습

성큼 다가선 초가을 빛
너를 찾듯 가슴을 연다.
터지는 전철소리 귀 모으면
꿈꾸던 한자강습 떠오르네.

카드놀이 통한 한자지도
첨단 뉴워드 자료개발
한자문화 꽃피우며
한자강습 불타오르네.

녹음방초 우거진 그림자
무덥던 삼복더위 떠오르고
한국평생교육평가원 한자강습
주마등 같은 닷새가 새롭네.

# 월악산

푸른 5월 가정의 달
상큼한 풀잎 향기가
콧전을 스치고
참새가 아침을 연다.

태산준령의 월악산
안개가 서리고
태고의 꿈을 깨고
풍상의 세월이 흐른다.

신비의 영봉
고고한 모습으로
청심을 띄우고
월악산은 말이 없다.

# 속리산

찌푸린 봄 날씨에
흰눈이 펄펄 날리고
문화가족 속리산 찾았네.

흘러가는 세월 속에
산천은 의구하되
정이품 노송은 작아졌네.

미륵의 대 부처인
법주사의 미륵 대불은
국태민안을 기원하네.

# 광한루

열렬한 사랑의 맹세와 약속
이도령과 춘향의 꿈을 이룬
남원의 아름다운 광한루.

달나라 궁전의 광한루
옥류수 담아 연못에
사랑의 오작교 놓았네.

열녀 춘향의 굳은 절개
임을 향한 일편단심
여인의 민족혼이어라.

4부_ **큰빛초장**

......

포근한 큰빛 제단에서
마음의 평안 찾고
구원의 음성을 들었네.

# 큰 그릇

어두운 세상 바라보면
왠지 마음이 착잡해

"내가 새벽을 깨우리로다"
경건한 마음으로 기도 드릴때
평화로워지는 내마음

큰빛제단에 일문되어
비가오나 눈이오나 주야로
목이 쉬도록 외치는 소리
수고가 헛되지 않음이여

어둠속에 불밝히고
눈물의 기도를 쌓아 올린
큰빛제단 청지기여

# 큰빛 초장

약속의 기적의 땅
큰빛 푸른 초장에
은총이 나렸네.

긴 여정 속에서
믿음의 구도자로
기도하던 지난 날.

포근한 큰 빛 제단에서
마음의 평안 찾고
구원의 음성을 들었네.

섬기는 종 부름 받고
소금과 큰 빛 되어

큰빛 초장 영원하리.

# 인생 여정

약관에 훈장 되어
청운의 뜻을 품고
2세 교육에 헌신하였고.

입지에 문학의 장을 열어
젊음을 불태우며
문단에 꽃을 피웠네.

불혹에 장로 직분 받아
몸 된 교회 잘 섬기며
청지기 사명 감당하였고

지천명에 대민 봉사로
문학강좌 개설하여
후진 양성 몸바쳤네.

이순의 언덕을 넘어
교단 정년 마치고
은빛 자유인 되었고

고희, 산수 바라보며
그리운 인생 여정
행복 영광 가득하소서.

# 기도

"내가 새벽을 깨우리로다"
경건한 마음 기도할 때
평화로워지는 내 마음.

불철주야 기도할 때
간절히 외치는 기도소리
수고가 헛되지 않음이여.

오직 소망은 하나
몸 된 교회와 성도 잘 섬겨
하늘나라 확장하는 일.

주님의 사랑 나누며
정전에 큰 그릇으로
가득 채워 빛내소서.

# 교회 창립 5주년

환란 날에 피할 바위가 되시며
하나님의 자녀로 삼아 주시고
하나님 나라 사역의 동역자로
세워주신 영광의 하나님,

큰빛 교회 세운지 어언 5년
거룩한 예배와 기도로
성전의 헌당을 감사하며
구원의 산성에 은혜 주옵소서.

구원의 하나님 큰빛 제단이
택하신 자녀들 모여서
주님의 사랑과 은혜 나누고
할렐루야 감사 찬양하옵소서.

눈물의 기도로 쌓은 열매
최선을 다한 심령들
지역과 나라가 복음화되어
구원의 역사가 있게 하옵소서.

# 평산회

관악산의 정기 받은 평산회
등산으로 심신을 수련하고
정답고 사이좋게 도와가며
기도와 봉사로 전도 하네.

모락산 희망의 일출봉
야호 호연지기 불태우며
예배, 교제, 성장, 사역
증거, 전도하는 평산회

# 주 안에서 하나 되어

갈멜산 기도원에서
주안에서 하나 되려고
큰빛교회 수련회 열렸네.

성도의 교제가 회복되고
말씀 은혜 받고 성령 충만
전교인 수련회 불타오르네.

내 마음에 주님 모시고
몸 된 교회 잘 섬기며
주 안에서 하나 되소서

# 크리스챤 문학 세미나

양주 땅 가산 작은 영토
크리스챤 문학인 모여
문학 세미나 열었네.

사랑을 나누고 친목을 도모
말씀의 은혜 받고 성령 충만
세미나 열기가 불타오르네.

크리스챤 문학 사랑받고
주 안에서 하나 되어
문학 선교 꽃 피우네.

# 큰빛 체육대회

푸른 5월 가정의 달
안양시 부흥고 운동장
큰빛 체육대회 열렸네.

화창한 봄 날씨에
전교인 한마음으로
체력단련 화합 도모하네.

불타는 함성의 정열
큰빛교회 교우들이여
예배, 치유, 제자, 은사, 선교.

할 수 있거든 무슨 말이냐
능치 못할 일이 없나니
복음전도에 힘써 나가세.

# 큰 그릇 되어

"내가 새벽을 깨우리로다"
경건한 마음으로 기도 드릴 때
평화로워지는 내 마음.

큰빛교회 일꾼되어
비가 오나 눈이 오나  주야로
간절히 외치는 기도소리

수고가 헛되지 않음이여
어둠 속에 등불 밝히고
눈물의 기도로 쌓아 올리며
청지기 사명 잘 감당하였네,

김권사의 간절한 기도소리
말씀으로 남매 양육하며
큰빛교회 큰 일꾼 세우고
주님 은혜로 큰 사업 주셨네.

오직 소망은 하나

몸 된 교회 잘 섬기고
양떼를 잘 인도하여
하늘나라 확장하는 일.

주님의 사랑 나누며
중경기 장로회 큰 그릇으로
가득 채워 빛내소서
오, 장로님이여!

# 큰 빛 파수꾼

저물어 가는 2005년
양반의 고장 중원 땅에
큰 빛 십자군 모였네!

월악산 심산계곡
알칼리 온천수에 몸을 적시니
찌 들린 심신 활기차네!

기적의 땅에 세운
큰 빛 성전 잘 지키세
큰 빛 파수꾼이여!

# 구원의 산성

믿음의 형제에 버림받고
예배당 없이 이곳저곳
눈물로 방황하던 시절.

눈물의 기도와 사랑의 수고로
약속의 기적에 땅에 세운
자랑스런 큰빛 교회여.

오늘의 이 기쁨과 영광을
영원히 가슴에 안고
머리 숙여 감사하세.

모두 주 안에 하나 되어
주님 은혜 감사 찬양하며
복음전도에 힘써 나가세.

믿음 소망 사랑으로
구원의 산성을 향해
나가세 큰빛 성도들이여.

# 장로 수련회

보문 호반의 현대 호텔
하나님 가까이 하려고
3천 5백여 장로님 모였네

신라 천년의 고도 경주
특강 은혜 받고 성령 충만
장로 수련회 불타 오르네

내마음에 주님 모시고
감사하며 몸된 교회 섬기고
죽도록 충성하소서

# 입당 감사기도

처음과 나중이 되시며
이 죄인을 자녀로 삼으시고
하나님 나라 사역의 동역자로
세워주신 은혜가 풍성한 주님

약속된 기적의 땅에
큰빛교회를 세워 주시고
세상을 구원하는 산성이 되며
구원의 방주가 되게 하옵소서

낙심한 자가 새 힘을 얻고
병든 자가 치유함을 받으며
어두운 자의 심령을 밝혀주고
할렐루야 찬양하게 하옵소서

# 교회 창립 6주년

알파와 오메가 되시고
구원의 산성이 되시며
약속된 기적의 땅에 세운
빛나는 큰빛교회여.

거룩한 예배와 눈물의 기도로
많은 사역의 열매 맺고
복음전도와 말씀 증거로
구원의 지경을 넓혔네.
낙심 자가 새힘을 얻고
병든 자가 치유함 받고
궁핍한 자가 축복 받고
감사 찬양 메아리치네.

몸된 교회 잘 섬기고
은혜받고 성령 충만하여
하나님 나라 확장하고
민족의 복음화 이루소서.

# 범계역 주차장

병술년도 저물어 가는
12월 15일은 개업 1주년

하나님의 은혜 가운데
삼총사 뜻 모아

주안에서 하나 되어
열심히 뛰었네

매연과 소음 속에서
자동차의 안식처로

수많은 사연 남기고
세월을 수놓으며

사람의 다리 되어
교통 문화 꽃피우네

친절 안전 화목으로
달려라 범계역 주차장

# 눈물의 기도

눈물로 쌓은 기도
최선을 다한 양떼들
지역나라 복음화되어
구원의 역사 이루소서.

성전 건축을 위한 기도
눈물의 씨앗 걷어 주시고
입당을 감사하는 심령
성령 충만케 하옵소서.

주의 백성들 강건하여
몸된 교회 잘 섬기고
하나님 나라 확장하여
충성하는 큰 일꾼 되소서.

# 정 고문님 그리며

녹음이 무성한 7월
듯하지 않은 비보에
가음이 설레인다.

산수 나이에 불허하고
섹스폰 연주로 심금을 울리던
정 고문님 못내 가시다니,

무언 실천의 봉사자로
인자한 사랑의 정신은
만인의 귀감이 되었네.

정 고문님을 그리며
슬픈 마음 금할 길 없네
편히 쉬소서 영원하소서.

# 복된 우리가정

사랑의 주님 은혜 가운데
가족의 건강 지켜 주시고
필요한 물질 채워 주셨네.

굳건한 믿음의 반석 위에
쓰임 받는 봉사 일꾼 되어
복음 전도에 힘써 나가세

주님이 호주가 되시고
믿음 소망 사랑으로 승리하는
복된 우리가정 되게 하옵소서.

# 큰빛 추모

경인년 설 지나고
큰빛제단 오장로님
큰 빛 남기고 떠났네.

교회와 성도 위에
불철주야 기도 음성이
금빛제단에 가득하네.

정성껏 남매 고이 길러
큰빛제단 일꾼 세워
주님께 영광 돌렸네.

하늘나라 소망 이루어
사랑의 주님 곁에서
큰빛 영원하소서.

# 날아가는 철마

주님의 은총 가운데
큰빛 동역자들
화합과 사랑속에
삼일절 나들이 떠났네.

빠르고 깨끗하게
함께 편안하게
한반도 종단을
철마 고속전철이 누빈다.

낭만의 동백호 유람선
바다의 수호신 갈매기 떼
검푸른 파도를 가르며
오륙도를 휘돌았네.

석양에 빗긴 해운대 해변
인파와 어울어진 비둘기 떼
광안교 조명등이 졸고
철마 고속전철은 날아간다.

# 금빛공연 삼백회

이순의 언덕을 넘어
자원봉사 일꾼되어
어언 8년의 세월 속에
삼백회 공연 이루었네.

외롭고 고독한 어르신
힘없고 연약한 장애우
함께 즐긴 기쁨의 평화
끈끈한 사랑 나누었네.

내일의 푸른 꿈을 펴고
복지사회 밑거름되어
사랑과 정성으로 몸바쳐
문화예술의 꽃 피웠네.

김주명 제2시집

# 은빛향기

초판 인쇄  2011년  4월  25일
초판 발행  2011년  4월  30일

지은이        김 주 명
펴낸이        장 호 수
북디자인      김 은 숙
인쇄 · 제본  (주)금강인쇄
펴낸곳    도서출판 시인
          등록번호 제384-2010-000001호
          등록일자  2010년 1월 11일
          430-831 경기도 안양시 만안구 안양1동 668-27번지 B동 2층
          Tel 031-441-5558   Fax 031-444-1828
          E-mail : siin11@hanmail.net

ⓒ 김주명 2011 printed in Seoul, Korea
ISBN 978-89-965062-4-9

인지는 저자와의 협의에 의해 생략합니다.
이 책 내용의 전부 또는 일부를 재사용하려면
반드시 저자와 도서출판 시인 양측의 동의를 받아야 합니다.
이 시집은 2011년 안양시 문화예술지원금 일부를 지원받아 제작되었습니다.

정가는 뒷표지에 있습니다